Louis

Première édition dans la collection *lutin poche* : janvier 2002
© 2000, l'école des loisirs, Paris
Loi numéro 49 956 du 16 juillet 1949 sur les publications
destinées à la jeunesse : septembre 2000
Dépôt légal : avril 2012
Imprimé en France par CPI Aubin Imprimeur

ISBN 978-2-211-06458-3

Anaïs Vaugelade

UNE SOUPE AU CAILLOU

lutin poche de l'école des loisirs
11, rue de Sèvres, Paris 6e

C'est la nuit, c'est l'hiver.
Un vieux loup s'approche du village des animaux.

La première maison est la maison de la poule.
Le loup frappe à la porte, toc, toc, toc.
« Qui est là ? » demande la poule.
Le loup répond : « C'est le loup. »

La poule s'affole : « Le loup ! »

« N'aie pas peur, poule : je suis vieux, je n'ai plus une seule dent. Laisse-moi me réchauffer près de ta cheminée, et me préparer une soupe au caillou. »

La poule hésite ; elle n'est pas rassurée, bien sûr, mais

elle est curieuse : elle n'a jamais vu le loup en vrai,

elle ne le connaît que par les histoires…

Et elle aimerait bien goûter à une soupe au caillou.

Alors, elle ouvre la porte.

Le loup entre, soupire et demande :
« Poule, s'il te plaît, apporte-moi une marmite. »
« Une marmite ! » s'affole la poule.
« Écoute, poule, il faut bien une marmite
pour préparer une soupe au caillou. »
« Je ne sais pas », avoue la poule.
« Je n'en ai jamais goûté. »
Alors le loup récite la recette :
« Dans une marmite mettre un gros caillou,
ajouter de l'eau et attendre que ça bouille. »

« Et c'est tout ? » demande la poule.
« Oui, c'est tout. »
« Moi, dans mes soupes », dit la poule,
« j'ajoute toujours un peu de céleri. »
« On peut, ça donne un goût », dit le loup.
Et de son sac il sort un gros caillou.

Mais le cochon a vu le loup entrer chez la poule.
Il est inquiet, il frappe à la porte, toc, toc, toc.
« Est-ce que tout se passe bien ? »
« Entre, cochon ! Le loup et moi, nous préparons
une soupe au caillou. » Le cochon s'étonne :
« Une soupe au caillou ? Rien qu'au caillou ? »
« Bien sûr », dit la poule. « Mais on peut ajouter
du céleri, ça donne un goût. »
Le cochon demande si on peut y mettre
des courgettes.
« On peut », dit le loup.

Alors le cochon court chez lui, et il revient
avec des courgettes. Mais le canard
et le cheval ont vu le loup entrer chez la poule.
Ils sont inquiets et ils frappent à la porte,
toc, toc, toc.
« Entrez », dit la poule. « Le loup, le cochon
et moi, nous préparons une soupe au caillou. »
Et le cochon précise :
« Avec un peu de céleri et des courgettes. »

Le canard, qui a beaucoup voyagé, prétend qu'il a goûté une soupe au caillou, une fois, en Égypte, et qu'on y avait mis des poireaux. Qu'il s'en souvient bien parce que c'est ce qu'il préfère dans la soupe, les poireaux. La poule demande au loup : « C'est possible ça, une soupe au caillou avec des poireaux ? »
« C'est possible. »

Alors le canard et le cheval courent chez eux
et rapportent des poireaux. Mais le mouton,
la chèvre et le chien sont inquiets,
car ils ont vu le loup entrer chez la poule.
Ils n'ont pas besoin de frapper, la porte
est grande ouverte.
Ils demandent : « Que faites-vous ? »
« Le loup, le cochon, le canard, le cheval
et moi, nous préparons une soupe au caillou »,
dit la poule.
Vous imaginez la suite : l'un veut des navets,
l'autre propose du chou, puis chacun court
chez lui et rapporte des légumes, des légumes
pour tous les goûts.

Maintenant ils s'assoient tous en cercle
autour de la cheminée. Ils se racontent
des blagues, ils discutent. La poule s'exclame :
« Comme c'est agréable d'être tous ensemble !
On devrait faire des dîners plus souvent. »
« Au début, j'ai cru qu'on mangerait
de la soupe à la poule », dit le cochon.
Et le canard demande au loup de raconter
quelques-unes de ses terribles histoires,
pour avoir son point de vue. Mais l'eau bout
dans la marmite et le loup y plonge la louche.
« Je crois », dit-il, « que la soupe est prête. »

Le loup sert tous les animaux.
Le dîner se poursuit très tard,
chacun reprend de la soupe trois fois.

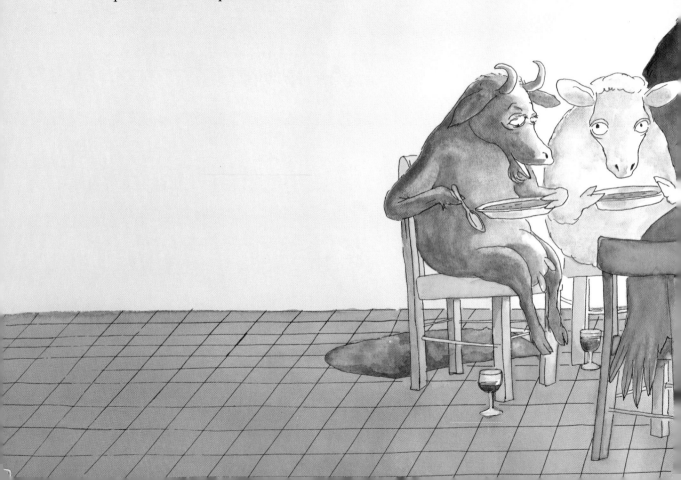

Puis de son sac le loup tire un couteau pointu… et pique le caillou : «Ah, il n'est pas tout à fait cuit», dit-il. «Si vous le permettez, je l'emporte, pour mon dîner de demain.»
La poule demande : «Vous partez déjà ?»
«Oui», répond le loup. «Mais je vous remercie pour cette bonne soirée.»
«Vous allez revenir bientôt ?» dit le canard. Le loup ne répond pas.

Mais je ne crois pas qu'il soit revenu.